ES REGNET FRÖSCHE

Thomas M. Meine (Ü./Hg.)

ES REGNET FRÖSCHE

Frei nach dem Buch 'It's raining frogs'
von **Milton Lesser**

erschienen 1950
in 'Imagination Stories of Science and Fantasy'

Verlag: BoD · Books on Demand GmbH, Überseering 33, 22297 Hamburg, bod@bod.de

Druck: Libri Plureos GmbH, Friedensallee 273, 22763 Hamburg

ISBN: 978-3-7534-9840-9

INHALT

VORWORT des Übersetzers

Die schöne Myra, die in der folgenden Parodie des 'Fortianismus' für ein arges Durcheinander sorgt, war eine glühende Anhängerin von Charles Fort. Er war ein in seiner Zeit bekannter Autor, der sich mit paranormalen Erscheinungen befasste, und ein Pionier bei der Erforschung unerklärlicher Phänomene.

Charles Fort wurde im August des Jahres 1874 in Albany, New York State, USA, geboren und verstarb im Mai 1932 in New York City.

Er war das älteste von drei Kindern und litt unter einem strengen Vater, der seine Kinder auch häufig verprügelte.

In der Schule war er wenig erfolgreich. Dennoch eignete er sich umfangreiches Wissen an und interessierte sich sehr für die Natur und ihre Phänomene. Mit 18 Jahren verließ er sein Zuhause und bereiste die Welt, um sein Wissen zu erweitern. Erst war es der Westen der USA, dann Schottland, England und Südafrika. Als er erkrankte, musste er nach Hause zurückkehren, wo er von einer Freundin gepflegt wurde, die er schon aus Kindheitszeiten kannte und später heiratete.

Im Jahre 1916 ermöglichte ihm das Erbe seines Onkels größere Unabhängigkeit. Fortan widmete er sich nur noch dem Schreiben. Als ein Jahr später einer seiner Brüder starb, wurde dessen Anteil am Erbe unter den verbleibenden Brüdern aufgeteilt. 1924 zog er dann mit seiner Frau nach London, wo er bis 1926 blieb. 1929 ging er wieder nach New York zurück. Sein Gesundheitszustand hatte sich erneut erheblich verschlechtert, auch sein Sehvermögen ließ nach. Fort ließ sich aber nicht behandeln, sondern konzentrierte sich auf die Vollendung seiner Bücher.

1932 verstarb er. Der Nachwelt hatte er neben seinen Romanen und Büchern 60.000 Seiten Notizen hinterlassen. Seine Werke befassten sich mit dem Paranormalen und eigenartigen Phänomenen, wobei seine Romane weniger Anklang fanden als seine Bücher. Sie basieren auf Dokumenten, die er in London und New York in naturwissenschaftlichen Zeitschriften gefunden hatte. Seine Werke übten eine so nachhaltige Wirkung aus, dass sich im Bereich der Parawissenschaften das Wort *'fortianisch'* etablierte und Teile der Bevölkerung stark von seinen Ideen beeinflusst wurden.

Er spekulierte schon früh über außerirdische Besucher, die die Erde als ihr Eigentum betrachten, und war damit Vorläufer der UFO-Theorien, obwohl Fort stets eifrig betonte, selbst nicht dran zu glauben. Seine Schilderungen waren aber für viele Menschen zu gut und aufregend, um nicht wahr zu sein.

ES REGNET FRÖSCHE

Wir werden uns mit einer Existenz beschäftigen, und zwar anhand ihrer Frösche. Die Weisen haben es auf anderen Wegen probiert. Sie haben versucht, unser Dasein zu verstehen, indem sie nach den dazugehörigen Sternen, deren Kunst oder deren Wirtschaft griffen.

Wenn es aber eine zugrunde liegende Einheit aller Dinge gibt, spielt es keine Rolle, wo wir beginnen, ob mit den Sternen, den Gesetzen von Angebot und Nachfrage, den Fröschen oder Napoleon Bonaparte. Wenn man einen Kreis ausmisst, kann man überall beginnen. Charles Fort

George mochte nicht, dass kleine rote Frösche von einem klaren Himmel auf ihn herabregneten. Ein hübsches Mädchen, das ihm in die Arme fiel, wäre natürlich etwas ganz anderes!

Es regnete, ohne dass es eine einzige Wolke am Himmel gab, aber es regnete. George wäre es auch egal gewesen, wenn es sich um normalen Regen gehandelt hätte, der in Strömen herunterprasselt, aber das war es nicht. Alles wäre besser als das hier – es regnete Frösche, viele kleine rote Frösche.

Es war ein eng begrenzter Regen. Die Frösche schienen von einem festen Punkt irgendwo über Georges Kopf hervorzukommen, breiteten sich dann aus und fielen in einem kegelförmigen Bereich mit einem Durchmesser von etwa 15 Fuß herab. Das Schlimmste daran war: George befand sich in der Mitte dieses Kegels.

Es war so, als hätte sich ein Loch im Raum aufgetan, aus dem der Strom der roten Frösche …

Die Frösche kamen in Massen. Am stärksten schienen sie sich in der Mitte des Kegels zu konzentrieren, und ein guter Teil von ihnen landete direkt auf ihm — vornehmlich auf seinem Kopf. Sie prallten ab und fielen in den Sand. George mochte das nicht.

Er bewegte sich fort und ging über den Sandstrand etwa ein halbes Dutzend Schritte näher an die Brandung heran, doch er spürte immer noch, wie die kleinen roten Frösche ihn trafen. Der Ausgangspunkt folgte ihm. Er war direkt über seinem Kopf. George war sich nicht sicher, wie hoch oben, aber er befand sich immer noch im Zentrum des Kegels.

»Myra! Hallo, Myra!«, rief George seine Frau.

Er konnte sehen, wie ihr Kopf in den Wellen auf und ab wippte. Die kräftigen Züge ihrer Arme durch das Wasser zeigten George, dass sie sein Rufen gehört hatte.

Sie würde wütend sein, denn in dem Moment, als er sie gerufen hatte, hörten die Frösche auf zu fallen. Erst wurde der Froschregenguss zu einem Froschnieselregen, und dann kamen überhaupt keine Frösche mehr.

Ja, Myra würde sehr wütend sein. Sie war ganz in ihre neue Idee vertieft und würde wirklich wütend sein. Wenn er nicht gerufen hätte, wären noch mehr Frösche heruntergefallen – und man weiß nicht, was sonst noch alles, dachte George.

Der Bikini war dieses Jahr nicht in Mode, aber Myra trug ihn, weil sie wusste, dass sie darin gut aussah. George sah, wie sie ihm entgegenrannte. Er beobachtete sie dabei, wie sie ihr dunkles Haar schüttelte, nachdem sie ihre Badekappe abgenommen hatte.

Dann betrachtete er ihre Figur. Er wusste, dass sie gut war – so gut, dass er unbewusst den Ersatzreifen spürte, der sich um seine Taille herum zu entfalten begann. Er errötete – sein Erröten war ein weiteres Problem, denn das passierte ihm immer wieder. Doch das war leider noch nicht alles: Er war auch sehr hellhäutig. Sie konnten den ganzen Sommer in ihrem Bungalow am Meer in dieser abgelegenen Gegend verbringen und Myra würde die Bräune einer indischen Jungfrau annehmen. George hingegen wurde rot und schälte sich dann. Danach wurde er wieder rot und schälte sich erneut. Und er hatte überall Sommersprossen.

Aber an all das dachte er jetzt nicht mehr. Das war lediglich eine allgemeine Beobachtung. Es war eine ganz andere Beobachtung, die ihn mehr störte:

Erst war da der kreisförmige Bereich, 15 Fuß im Durchmesser, in dem kleine rote, heruntergefallene Frösche lagen. Und dann war da eine Spur von kleinen roten Fröschen auf dem Sand, fünf Laufschritte lang, da, wo er gelaufen war. Und es gab danach noch einen weiteren, 15 Fuß breiten Kreis voller Frösche. Die meisten bewegten sich nicht, aber einige hüpften herum, und schon bald lösten sich die Kreise in unregelmäßige Formen auf.

Myra kam atemlos auf ihn zu. »Oh, George!«, gurrte sie. »Du bist großartig, wirklich großartig. Diesmal sind es Frösche, kleine rote Frösche. Du bist so was von 'fortianisch'.«

George seufzte. Er hatte eine Menge Freunde, und viele von ihnen beklagten sich, weil ihre Frauen dieses oder jenes als *freudianisch* bezeichneten. Aber sie hatten dafür Verständnis, denn viele Männer hatten solche Ehefrauen, die auf dem *freudianischen* Psycho-Karussell von Siegmund Freud fuhren. Das hier war aber schlimmer. Für Myra waren die Dinge *fortianisch*.

George hatte Bilder von diesem Mann namens Fort gesehen – ein halbwegs nett aussehender Kerl mit einem engelsgleichen Gesicht, einem rötlichen Teint, einer hochgezogenen Nase und großen buschigen Augenbrauen. Ein sanfter, harmloser Mann. Er war verstorben – bereits seit zwanzig Jahren war er tot. Dieser Fort konnte Menschen faszinieren, und sein Denken hatte auch Myra beeindruckt. Er behauptete, dass wir *Eigentum* sind oder Dinge, die von einem Ort zum anderen teleportiert werden, oder dass man nach uns greift oder dass man eine Welt an ihren Fröschen erkennen kann oder dass Wissenschaft verrückt, geschwätzig und sophistischer Quatsch ist …

George hatte das alles schon Dutzende Male gehört. Myra hatte es ihm erzählt. Myra hatte ihm so viel darüber erzählt, dass er dachte, er kenne Forts Philosophie mittlerweile auswendig. Ein Haufen lächerlicher Schwachsinn, dachte er – bis zu diesem Froschregen. Doch wie konnte er es jetzt noch lächerlich nennen?

»Siehst du?«, sagte Myra triumphierend. »Siehst du, George? Diesmal sind es Frösche. Gestern waren es Käfer und vorgestern diese kleinen Vögel – und alles war rot.«

»Vielleicht sind es Kommunisten«, sagte George leise.

»Oh … «

»Nun, das ist eine ebenso gute Erklärung wie jede andere auch«, meinte George.

»Nein, das ist es nicht«, sagte Myra. »Rot ist die vorherrschende Farbe, aus welcher Welt sie auch immer kommen, also sind sie rot. Ansonsten wäre es reiner Zufall, aber das bezweifle ich. Und ich habe dir gesagt, dass du ein guter Katalysator bist.«

»Ich bin also ein guter Katalysator. Ich kann also Regen machen. Da hätten sie mich vor ein paar Monaten im trockenen Osten gut gebrauchen können – wenn sie einen Froschregen gewollt hätten.«

»Oder Käfer oder Vögel«, erinnerte ihn Myra.

»Ja, auch Käfer und Vögel.« George bemerkte das noch ganz sachlich, doch dann spürte er, wie seine Knie zitterten. Es war die unvermeidliche Nachwirkung.

Das Ganze erschien ihm sehr *seltsam*. So etwas konnte eigentlich nicht passiert sein. Einen Regen dieser Art hatte es noch nie gegeben, auch wenn Fort gesagt hatte, dass es so etwas gibt. Und Myra glaubte fest daran, dass Fort recht hatte.

Wie konnte es so regnen? George wusste, wie Regen entsteht, aber beim besten Willen konnte er sich nicht vorstellen, dass organische Materie das Resultat ist – irgendeine Art von organischer Materie, schon gar keine kleinen roten Frösche. Er assoziierte Frösche immer mit Schlamm – und die Vorstellung, dass kleine rote Frösche vom Himmel kamen, war zu unglaublich, um sie in Betracht zu ziehen. Das da am Strand waren aber Frösche.

George strich behutsam mit den Zehen eines Fußes über den Sand und räumte die Frösche beiseite, bis er Platz hatte, um sich zu setzen. Und als er es getan hatte, sprang einer der kleinen roten Frösche in seinen Schoß. Er schoss sofort wieder hoch – so schnell, dass er Myra dabei beinahe umgeworfen hätte.

»Meine Güte, George. Du magst vielleicht ein guter Katalysator sein, aber danach bist du ein hoffnungsloser Fall. Jetzt werde ich mal wieder gebraucht.«

George tat es leid, dass er sich entschlossen hatte, sich den Spielereien seiner Frau anzuschließen. Sie hatte ihm zunächst einen Test auferlegt, und diesen Teil genoss er, denn alles, was er dabei tat, war, mehrere Stunden lang zu würfeln. Das hat irgendwie etwas mit Psychokinese zu tun, hatte Mara gesagt, wie er meinte, sich zu erinnern. George hatte viele hohe Zahlen gewürfelt, so viele hohe, dass Myra ausrief: »Du bist geradezu *fortianisch!*«

Und dann kamen die Vögel, die Käfer und die Frösche herab. Alle rot.

»Hör zu«, sagte George. »Das ist das letzte Mal. Das ist wirklich das letzte Mal.«

»Das letzte Mal? Das letzte Mal für was?«

»Das letzte Mal, dass ich mich von dir als ein – ein Katalysator benutzen lasse. Ich kann nicht weiter herumlaufen und es so regnen lassen. Wir sind hier draußen an einem einsamen Ort, also ist es nicht so schlimm. Aber was ist, wenn das passiert und Leute in der Nähe sind? Was dann?«

»Dummerchen, was glaubst du, warum wir im Sommer in diesen Bungalow gekommen sind? Und außerdem, selbst wenn Leute in der Nähe wären, warum sollten sie denken, dass *du* diesen Regen verursacht hast, falls du darauf beharrst, es Regen zu nennen?«

George gefiel die Art nicht, wie Myra das *du* betonte. Es war, als ob er ihr nicht viel bedeutete – aber sie sprach immer so mit ihm. Er wusste, dass er kein Siegertyp war. Er hatte einen angemessenen Job und verdiente ein angemessenes Gehalt, konnte aber mit einigen Männern, die er kannte, einfach nicht mithalten – oder mit einigen von denen, die Myra kannte. Es machte ihn deshalb immer wütend, wenn sie das *du* in dieser Weise betonte.

»Was meinst du, warum sollen sie denken, dass *ich* den Regen verursacht habe? Wer sonst kann ihn verursachen? Sag mir das. Wer sonst kann ihn verursachen?«

Sie lächelte, und wenn es ein Lächeln des Triumphs war, tat George so, als bemerke er es nicht.

»Das ist es, was ich meine«, sagte sie und legte ihre Arme um seinen Hals. »Du bist so wunderbar. Nur du kannst es bewirken. Lass uns ins Haus gehen, George.«

Er grummelte und löste ihre Arme. Dann nahm er ihre Hand und ging über den Sand zurück zum Haus. Er hielt dabei den Kopf so hoch, dass er nicht auf die vielen kleinen Frösche am Strand schauen musste.

Sie hatten es sich im Wohnzimmer gemütlich gemacht. Die Sonne ging gerade unter und warf lange Schatten durch das große Panoramafenster in den Raum.

George nippte an seinem Bourbon und stellte dann sein Glas ab. Zwei Drinks auf leeren Magen brachten immer dieses verträumte Gefühl in seinen Kopf, sodass er aufstehen und sich noch einen einzuschenken wollte, doch er überlegte es sich anders. Es war so angenehm, einfach hier sitzen zu bleiben und an nichts zu denken.

»Du bist jetzt bereit«, sagte Myra zu ihm. »Oh, du bist wirklich perfekt. Erinnere dich daran, George, was ich dir gesagt habe. Denk einfach an nichts. Denk an gar nichts. Lehne dich zurück, entspanne dich und mach deinen Kopf frei. Das sollte doch nicht zu allzu schwer für dich sein.«

Da war er wieder, dieser spöttische Unterton, aber jetzt hatte George keine Lust, sich dagegen aufzulehnen. Sie hatte recht, es würde wirklich nicht zu schwer sein. Er würde den zweiten Bourbon holen, sich einfach zurücklehnen und entspannen, wie Myra es ihm gesagt hatte. Außerdem hatte er nichts zu befürchten. Im Haus konnte kaum etwas herunterregnen.

George hörte kaum noch hin, als Myra weiter ausholte: »Es ist genau wie mit den Poltergeistern. Es gibt so viele bekannte Fälle von Poltergeist-Phänomenen, von den kleinen schelmischen Geistern, die mit Geschirr oder Steinen werfen oder sinnlose kleine Unfälle verursachen, und in jedem Fall gibt es einen Katalysator. In der Regel ist es ein kleines Kind, meist ein Mädchen, aber das ist nicht immer der Fall. Wichtig ist, dass man dafür einen Katalysator braucht.«

»Das bin ich«, sagte George stolz.

»Ja, das bist du. Mein George, der beste verdammte Katalysator, der je gelebt hat.«

War das ein Kompliment? War irgendetwas davon ein Kompliment? George dachte es, doch er konnte sich nicht sicher sein.

Auch Myra hatte ihren Bourbon ausgetrunken.

»Weißt du«, fuhr sie fort, »die Wissenschaft will Poltergeister immer wegdiskutieren, macht dabei aber einen ziemlich miesen Job. Viele Leute sind mit ihren Argumenten aber nicht zufrieden. Wie Fort. Wie ich.«

Die Gedanken von George verschwanden in einem angenehmen Nebel von tiefem Rot und taten es dem Sonnenuntergang gleich. Seine Augen waren geöffnet. Er blickte in den Sonnenuntergang, und deshalb sah er das tiefe Rot.

Aber dann hörte er etwas, das ihn sonst erschreckt hätte, nur tat es das jetzt nicht, denn er war müde und hatte die Augen geschlossen. Das tiefe Rot ging nicht weg – es war noch stärker geworden. Es schreckte ihn nicht, weil er vollkommen entspannt war und das tiefe Rot so beruhigend wirkte …

»Hast du mich gerufen?«, erklang eine Stimme.

George sprang auf. Er hörte die Stimme wieder, war sich jedoch nicht sicher. Die Sonne war inzwischen vollständig verschwunden, und eine tiefe Dämmerung legte sich über den Raum.

»Was hast du gesagt, George? George, hast du mich etwas gefragt?«

George sagte: »Nein, das habe ich nicht«, und es verschaffte ihm eine leichte Genugtuung, dass Myras Stimme erschrocken klang. Aber dann kroch ihm ein langsamer Schauer den Rücken hinauf und breitete sich in seinem ganzen Körper aus, denn es war nicht Myra, die gesprochen hatte. Sie konnte es nicht gewesen sein, denn auch sie hatte die Stimme gehört.

»Na, hast du mich gerufen?«, kam wieder die Stimme. »Komm schon, ich habe nicht den ganzen Tag Zeit, und wenn du mich nicht gerufen hast, dann gehe sofort wieder nach Hause.«

George schluckte. Er hörte, wie Myra ein schwaches Wimmern in ihrer Kehle abwürgte.

Dann lächelte George. Zum Teufel, das war bloß einer ihrer Freunde, der vom Strand gekommen war und beschlossen hatte, hier in der Dunkelheit geheimnisvoll herumzuspuken. Es war bestimmt Andy. Er würde solche Scherze machen – Andy, das Lebenselixier auf jeder Party.

George schritt munter zum Lichtschalter. »Ha, ha, du hast uns für eine Minute getäuscht, Andy, alter Junge, und nein, die Antwort ist, dass wir dich nicht gerufen haben. Aber du bist hier stets willkommen, das weißt du doch. Komm schon und trink einen Bourbon mit uns.«

Seine Hand lag auf dem Schalter, und er schnippte ihn hoch. Der Raum wurde in das fahle Weiß der Leuchtstoffröhren getaucht, und George drehte sich um, um Andy zu begrüßen.

Er stand in der Mitte des Raumes und betrachtete George mit einem kleinen, verspielten Lächeln auf den Lippen. Man konnte sein Alter nicht einschätzen, auch an seinen Gesichtszügen war nichts Besonderes zu erkennen. Das verspielte Lächeln blieb wie festgefroren auf seinen Lippen. Aber eines war sicher – derjenige, der dort stand, war definitiv nicht Andy.

»Wie ihr sehen könnt, bin ich nicht dieser Andy.«

»Nein, das sind Sie nicht«, sagte George.

»Also, dann. Wer hat mich angerufen? Wer von euch hat mich gerufen?«

»Ich denke, wir haben Sie beide gerufen«, sagte Myra. Ihre Stimme war heiser, so wie sie manchmal nachts nach ein paar Drinks war – die Art, die George gefiel. Nur jetzt klang sie erschrocken.

»Ich wäre natürlich nicht selbst gekommen, wenn die Nachricht so dringend gewesen wäre«, sagte der Ankömmling. »So stark war der Ruf noch nie. Ich spreche natürlich nicht nur aus eigener Erfahrung. Ich bin zwar jetzt König, aber noch nicht so lange dabei. Es gibt jedoch Aufzeichnungen, und euer Ruf war doppelt so stark wie der irgendeines anderen zuvor. Ich hätte natürlich einen Assistenten schicken können, aber ich dachte mir, wenn der Ruf so stark ist, dann komme ich selbst.«

'Unterhalte ihn eine Weile', dachte George. 'Er ist nur ein Verrückter, der vom Strand gekommen ist, aber seine Begründung war lausig. Sie war miserabel. Die Tür war verschlossen, das große Panoramafenster von innen verriegelt, also konnte er nicht vom Strand her ins Haus gekommen sein.' George seufzte.

»Das ist albern«, sagte der Mann. »Ihr habt einen so dringenden Anruf durchgegeben, dass ich selbst hergekommen bin, und dann will mir bei meiner Ankunft niemand sagen, wozu.«

»Ich weiß!«, rief Myra. »Sie kommen aus der Welt der roten Frösche.«

Was sagen Sie?

»Ich sagte, Sie kommen aus der Welt der roten Frösche. Sie sind geregnet.«

»Ich regne nicht, ich bin der Regent. Ich regiere schon seit elf Jahren, seit dem Tod meines Vaters. Eigentlich ist das aber nicht ganz richtig. Ich bin zwar das titulierte Oberhaupt, aber man muss auch meine Frau berücksichtigen. Sie regiert selbst sehr viel. Sie wird sogar ziemlich wütend sein, wenn sie erfährt, dass ich den Anruf selbst entgegengenommen habe. 'Unter meiner Würde oder so etwas', sagt sie immer.«

»Ja, sie will, dass ich würdevoll bin, aber das ist Blödsinn, weil sie selbst alles andere als würdevoll ist. Wisst Ihr, ich denke oft, es macht keinen Spaß, König zu sein.«

»Das ist schön«, sagte George.

»Was ich meinte«, sagte Myra, »sie sind *geregnet*. Geregnet – g-e-r-e-g-n-e-t wie die Frösche.«

»Oh, die Frösche. Die kommen natürlich zuerst durch. Es geht darum, sicherzustellen, dass die Koordination stimmt. Ein Bote könnte auch gleich durchkommen, aber das wäre gefährlich, denn wenn die Koordination nicht stimmt, könnte das in einem ziemlichen Chaos enden.«

»Frösche, Käfer, manchmal auch Vögel – wir schicken alles durch, bevor wir kommen. Wir müssen sichergehen. Wie auch immer, was wollt ihr?«

»Wenn Sie jetzt so direkt fragen: Ich weiß es nicht. Ich schätze, wir wollen gar nichts; wir haben nur experimentiert«, erklärte Myra.

»Experimentiert? Hört auf zu scherzen? Bei einem so starken Ruf nur experimentiert? Ich bin nicht von gestern, Schwester. Hören Sie zu, haben Sie keine Angst vor meiner Frau. Sie weiß nicht, wo ich hingegangen bin, und es wird noch eine Weile dauern, bis sie mich findet, also sagt mir die Wahrheit.«

»Das ist die Wahrheit«, sagte Myra. »Ich wusste, dass wir etwas bekommen würden, aber nicht, was es ist. Jetzt sind Sie hier. Mein Mann ist sehr psychokinetisch.«

Der Ankömmling zuckte mit den Schultern. »Man sieht es ihm kaum an.«

»Oh, lassen Sie sich von George nicht täuschen. Er ist in dieser Hinsicht sehr potent.«

»Ja, das bin ich«, sagte George. »Ich bin ein schrecklich guter Katalysator. Fragen Sie Myra.«

»Das ist er«, sagte Myra.

»Nun, dann sehe ich, dass es alles ein Fehler war. Meinen Sie, er könnte mich zurückbringen?«

»Natürlich kann er Sie zurückbringen. Sie haben doch selbst gesagt, dass dies der stärkste bekannte Ruf war. Bring ihn zurück, George!«

George lächelte. Langsam begann er, das zu mögen; alles hing jetzt von ihm ab.

Der Mann mit dem rätselhaften Lächeln wusste genau, was vor sich ging, Myra wusste bis zu einem gewissen Grad, was vor sich ging, und George wusste fast nichts, was vor sich ging, aber alles hing von ihm ab.

»Warum sollte ich?«, wollte er von Myra wissen. »Er ist gerade erst gekommen, und ich habe es nicht eilig, ihn zurückzuschicken.«

»Bitte«, sagte der Mann, und zum ersten Mal begann das Lächeln aus seinen Mundwinkeln zu verschwinden. »Es war alles ein Fehler, und jetzt gehe ich besser nach Hause, bevor es meine Frau herausfindet.«

George wurde überheblich. »Es war Ihr Fehler, nicht meiner, und ich habe noch keine Lust, Sie zurückzuschicken, also denke ich, dass Sie hierbleiben.«

»Das meinen Sie nicht ernst?«

»Ernst? Und ob das mein Ernst ist. Ich weiß noch nicht einmal, *wo* ich Sie hinschicken soll, aber ich werde es ohnehin nicht tun. Zumindest nicht in nächster Zeit.«

»Also hören Sie zu. Sie müssen mich zurückschicken. Ich bin der König.«

»Schick ihn zurück, George. Du weißt nicht, mit wem du dich anlegst. Schick ihn zurück!«

»Nein.«

»Ich bin der König.«

»Schick ihn zurück, George.«

George stand auf und nahm einen langen Schluck Bourbon. Sein Magen war noch leer, abgesehen vom vorherigen Glas, und der Drink schickte ein warmes Glühen durch ihn hindurch. »Nein«, sagte er.

Sie saßen im Wohnzimmer, alle drei. George auf dem Sofa, Myra auf einem Stuhl mit gerader Rückenlehne und der König im Schneidersitz in der Mitte des Fußbodens. Der Name des Königs war Arl, das hatte er ihnen noch gesagt, danach war er still.

Er war zerknirscht, wohingegen George lächelte. Er war in Schwierigkeiten und wusste nicht, was er tun sollte. Alles hing von George ab.

»Hör Sie zu, George«, versuchte es Arl auf andere Weise. »Vielleicht schicken Sie mich zurück, wenn ich Ihnen sage, worum es hier geht?«

»Ich bezweifle es, aber vielleicht tue ich es«, sagte George. »Nur ein kleines, unwahrscheinliches 'Vielleicht'. Ich glaube, Sie greifen jetzt nach einem Strohhalm, aber sprechen Sie weiter.«

»Schick ihn lieber zurück, George«, sagte Myra. »Ich habe dir das eingebrockt, und du weißt nicht, worum es geht, aber du tust besser, was er sagt.«

»Weißt *du* denn, worum es geht?«

»Nein, nicht genau. Aber ich weiß mehr als du, und ich weiß, dass du besser nicht herumalbern solltest.«

»Nun, ich werde mir anhören, was er zu sagen hat. Aber es ist besser, wenn ich dir gleich sage, dass ich bezweifle, ihn zurückzuschicken. Ich habe ihn nicht wirklich gerufen, das warst du. Also schick *du* ihn zurück.«

»Wenn ich könnte, würde ich es tun. Ich will aber nicht weiter so herumspielen. Es kann Ärger geben, wenn er die Beherrschung verliert. Sag dann nur nicht, ich hätte dich nicht gewarnt, George.«

»Leider«, sagte Arl, »brauche ich sehr lange, um meine Beherrschung zu verlieren. Früher war das nicht so, aber Narka – das ist die Königin – hat mich gezähmt. Sie sagt immer, dass ein König nicht so ungestüm sein sollte, doch dabei ist sie selbst so ungestüm wie die Hölle.«

»Und das ist mein Problem. Sie sagt mir ständig, ich solle Dinge tun, die mich höflicher, feiner, kultivierter machen – und nichts davon macht sie selbst. Das Ergebnis ist, dass ich zu einer Repräsentationsfigur degradiert worden bin, und sie hat die eigentliche Macht. Das ist bedauerlich.«

»Das ist keine ungewöhnliche Situation«, versicherte ihm George. »Aber wovon sind Sie eigentlich der Titularkönig?«

»Dann wollen Sie doch meine Geschichte hören!«

»Ja, ja. Ich sagte, ich will sie hören. Ich habe aber nicht gesagt, dass ich etwas tun werde, um Sie zurückzuschicken, aber erzählen Sie es mir ruhig, wenn es Sie glücklich macht.«

»Okay. Ich werde mit einer Frage beginnen«, sagte Arl. »Wissen Sie etwas über die vierte Dimension?«

George schwieg, aber Myra sagte: »Ich weiß alles über die vierte Dimension.«

»Sie denken nur, dass Sie es wissen«, sagte Arl. »In Wirklichkeit wissen Sie gar nichts darüber. Es gibt einen Haufen verschwommenen Denkens, hier in der Welt der drei Dimensionen, aber über die vierte wissen Sie in Wirklichkeit nichts.«

»Oh«, sagte Myra.

»Sagen Sie es ihr, Arl, alter Junge«, sagte George. »Geben Sie es ihr. Dieser Bursche namens Fort wusste nicht, wovon er sprach.«

»Fort? Fort? Oh – doch, das tat er. Er wusste, *wovon* er sprach, aber er wusste nur nichts vom *Wie* oder *Warum*.«

»Dies ist eine Welt mit drei Dimensionen, richtig?«, fuhr er fort.

»Mhm.«

»Nun, nehmen wir an, wir hätten eine Welt mit zwei Dimensionen. Mit Länge und Breite, aber ohne Dicke. Wie kann man dann daraus eine Welt mit drei Dimensionen bekommen?«

George sagte: »Keine Ahnung«, aber Myra begann mit einer langen Erklärung, die George überhaupt nicht verstand.

Als sie fertig war, schüttelte Arl den Kopf. »Genau, was ich dachte. Nur ein Haufen verschwommener Gedanken. Leider liegen Sie weit daneben.«

»Es ist im Grunde recht einfach: Sie haben eine Welt mit zwei Dimensionen – Länge und Breite – und alles, was Sie tun müssen, um eine Welt mit drei Dimensionen zu erhalten, ist, diese Welt in eine neue Richtung zu erweitern – senkrecht zu den ersten beiden. Diese Richtung kann nach oben oder nach unten gehen, je nachdem. Wie auch immer, es ist eine Richtung im rechten Winkel zu den ersten beiden, und das Ergebnis ist eine Welt mit drei Dimensionen – wie eure Welt.«

George sagte, dass er das versteht. »Aber das heißt nicht, dass ich Sie zurückschicken werde«, fügte er hinzu.

Arl war ganz in seine Erklärung vertieft und ignorierte die Bemerkung: »Nun denn«, fuhr er fort. »Hier haben wir die gleiche Situation. Zwischen einer Welt mit drei Dimensionen und einer mit vier besteht dieselbe Beziehung. Man dehnt die drei Dimensionen lediglich in eine Richtung aus, die im rechten Winkel zu ihnen steht – eine Richtung, senkrecht zu Länge, Breite und Dicke – und das Ergebnis ist eine Welt mit vier Dimensionen. Das ist meine Welt.«

George war ganz aufgekratzt. »Nun, Sie haben sich ein Schulterklopfen verdient«, sagte er. »Jetzt soll ich Sie wohl zurückschicken?«

Arl winkte ab. »Nein. Ich bin noch nicht fertig. Gehen wir noch einen Schritt weiter. Wenn es eine zweidimensionale Welt gäbe, die auf diesem Tisch ausgebreitet wäre – eine vollkommen flache Welt ohne weitere Dimensionen als Länge und Breite. Wenn es diese Welt gäbe, wüssten Sie dann, welche Macht ein dreidimensionales Wesen über sie hätte?«

George sagte, er wisse es nicht.

»Nehmen wir nun an, etwas auf dem Tisch wäre von einem Quadrat umgeben. Nur vier Linien, ein Quadrat. Das würde einem Würfel in der dreidimensionalen Welt entsprechen – sagen wir einem Tresor. Nehmen wir nun weiter an, dass darin etwas wäre, das die Menschen der flachen Welt herausholen wollten. Aber das Quadrat ist verschlossen. Es sind nur vier Linien, aber ein geschlossener Bereich in einer Welt, wo es so etwas wie oben oder unten nicht gibt. Sie können dort nicht über diese Linien gehen und das herausholen, was sie wollen. Sie sind absolut unüberwindbar.«

»Nun denn. Sie sind ein dreidimensionales Wesen. Sie müssen nur nach unten greifen, den Gegenstand aufheben, ihn durch die dritte Dimension transportieren und außerhalb des Quadrats ablegen. Sie hätten das Unmögliche geschafft. Sie hätten etwas von einem vollkommen unzugänglichen Platz weggenommen und woanders hingelegt. Auf mysteriöse Weise.«

»Ändern Sie nun einfach die Situation ein wenig. Ein vierdimensionales Wesen würde dieselbe Macht über diese dreidimensionale Welt besitzen. Es könnte Dinge erscheinen und verschwinden lassen, indem es sie einfach durch die vierte Dimension transportiert. Und das, mein Freund, erklärt alles Seltsame, Unwirkliche und Unmögliche, von dem dieser Mann namens Fort berichtete. Es war einfach das Eingreifen eines vierdimensionalen Wesens. Einer meiner Untertanen.«

»Wenn der Ruf durchkommt, sind sich eure Leute nicht einmal bewusst, dass sie ihn abgegeben haben. Aber wenn er durchkommt, antworten wir.«

»Und hier war der Ruf der stärkste aller Zeiten. Ich bin der König und selbst durchgekommen. Aber wir kommen nicht durch und auch nicht zurück ohne den Ruf. Es ist an Ihnen, George, und es war alles ein Fehler.«

»Werden Sie mich jetzt zurückschicken?«

George lächelte. Er genoss die Situation. Er genoss sie in vollen Zügen, und er sah, wie Myras Gesicht weiß wurde, als er nur ein einziges Wort sagte: »Nein.«

»Seien Sie vernünftig, George«, sagte Arl. »Wenn Sie mich nicht zurückschicken, wird es Ärger geben. Ich werde Ihnen nicht sagen, welche Art von Ärger, aber sagen Sie nicht, Sie seien nicht vorgewarnt worden.«

»Nun, vielleicht sollten Sie es mir doch sagen. Was für eine Art von Ärger?«

»Ärger mit Narka«, sagte Arl. George konnte sehen, dass die Hände des Mannes zitterten.

»Wenn meine Frau das erfährt, wird sie wütend sein. Wenn Narka wütend ist, ist sie sehr wütend. Und nicht nur auf mich – sie wird auch mit Ihnen auf dem Kriegspfad sein. Sie wird hierher kommen und … «

»Wie kann sie hierher kommen, ohne einen Ruf?«

»Oh, sie wird schon einen Weg finden. Das Zurückkommen ist dann der schwierige Teil. Bitte, George.«

»Nein, ich mache es nicht«, sagte George. »Myra hat das alles angefangen, nicht ich. Ich hatte ihr gesagt, sie solle aufhören, aber sie wollte nicht. Ich denke, ich lasse euch beide eine Weile in eurem eigenen Saft schmoren.«

»Sie können mir nicht die Schuld geben«, fuhr George fort. »In gewisser Weise bin ich nur ein unschuldiger Zuschauer, der zufällig ein hochkarätiger Katalysator ist. Aber das könnte amüsant werden. Ich lasse die Dinge einfach so, wie sie sind.«

Arl wandte sich an Myra. »Myra, wollen Sie, dass ich zurückgehe?«

»Ja. Ja, ich denke schon«, sagte sie. »Sie wissen mehr darüber, als wir es tun, aber mein Mann kann so starrköpfig sein … «

»Ich bin nicht starrköpfig«, sagte George. »Das war alles deine Idee, und jetzt will ich sehen, was passiert.«

Arl warnte: »Das wird ein ziemliches Durcheinander geben. Narka wird nicht nur auf uns wütend sein. Jederzeit und von überall her kann ein Ruf kommen, und im Moment kann aber keiner meiner Untertanen hindurchgehen, weil sie das ohne meine Erlaubnis nicht dürfen. Wissen Sie, was das bedeutet?«

»Was denn?«, fragte ihn George.

»Das bedeutet, dass es eine Menge Situationen geben wird, in denen Poltergeister hätten auftauchen sollen, so wie die alten *deus ex machina** bei euren antiken Dichtern, nur dass sie es nicht tun. Das, mein Freund, wird ein Chaos verursachen.«

[* Latein (aus dem Griechischen kommend): Der 'Gott aus der Maschine', das plötzliche Auftauchen einer an einer Bühnenmaschinerie hängenden Gottheit im antiken Theater]

George lachte. »Ich weiß es nicht. Ich kenne viele Leute, die recht gut ohne ihre Poltergeister auskommen. Eigentlich alle, die ich in meinem bisherigen Leben kennengelernt habe.«

Myra zuckte hilflos mit den Schultern. »Ehrlich, Arl, es tut mir leid. Es ist nur so, dass George ein so durchschnittlich veranlagter Mensch ist.«

George runzelte die Stirn. Er war kurz davor, nachzugeben. Er war definitiv kurz davor gewesen, nachzugeben. Aber jetzt reichte es. Er würde jetzt erst recht nicht nachgeben.

»Können Sie ihn nicht irgendwie dazu bringen?«, wollte Myra wissen.

»Nein, es gibt da eine Schwierigkeit. Ich kann nicht. Der Anrufer muss entweder *ahnungslos* oder *willens* sein, und ihr Mann ist beides nicht.«

»Solange er sich nicht ändert, kann ich nichts tun. Normalerweise könnte ich vieles tun, damit er die Dinge so sieht wie wir – aber dazu müsste ich in die vierte Dimension hinein- und wieder herausspringen, und ohne Georges Hilfe kann ich das nicht tun. Es hängt alles von George ab.«

»Vielleicht können wir ihn zur Kooperation *zwingen*.«

»Wie meinen Sie das, ihn dazu zwingen?«

»Ich meine das physisch. Es gibt zwei von uns und er ist nur einer, und vielleicht können wir ihn dazu *zwingen*.«

Myra machte einen Schritt nach vorne. Arl war ein wenig langsamer, doch bald erfasste er die Idee und kam ebenfalls auf George zu.

»Bleiben Sie zurück«, warnte George. »Bleiben Sie weg von mir, sonst ändere ich meine Meinung nicht, und dann sitzen Sie hier für immer fest.«

»Er hat recht«, sagte Arl.

»Nein, hat er nicht«, sagte Myra. »Wir können das hinkriegen. Wir können ihn zwingen, seine Meinung zu ändern.«

Myra war jetzt so nah, dass George die Hand ausstrecken und sie berühren konnte. Er wich einen Schritt zurück. Myra war jung, stark und athletisch. Jede Kurve ihres geschmeidigen Körpers war ausgesprochen stark und schön zugleich, und George entwickelte schon diesen Ersatzreifen um seine Mitte. Er war noch klein, aber er war da. George wusste, dass er alles andere als athletisch war. Er wollte nicht mit Myra kämpfen, besonders nicht, wenn Arl, der noch einen Kopf größer war als George, ihr helfen würde. Das wäre definitiv unklug.

Myras erster Angriff war eher als Täuschung gedacht. Sie schubste George, um zu sehen, ob er sich wehren würde. Er wich zwei oder drei Schritte zurück, und dann saß er auf dem Sofa.

Arl war viel weniger auf Täuschung aus. Er griff nach George und stellte ihn auf die Beine. Dann begann er ihn zu schütteln.

»He, hören Sie auf!« Georges Stimme klang wie ein Röcheln.

»Wir werden nicht aufhören, bis du deine Meinung änderst«, sagte Myra ihm. Und um ihm zu zeigen, dass sie es ernst meinte, stieß sie ihre Faust hart in Georges Magengegend.

Er spürte, wie die Luft aus seiner Lunge *zischte*, und dann saß er wieder auf dem Sofa. Zu einem anderen Zeitpunkt hätte er vielleicht gedacht, dass sich die Sache von selbst erledigen würde, aber jetzt sah er das anders. Als Arl ihn wieder aufhob, versuchte er wegzukommen, doch Arl hielt ihn fest.

George stieß Arl mit dem Kopf. Der König stolperte zurück und von ihm weg, wobei er seinen Griff an Georges Schultern verlor. George wich nicht zurück. Er pirschte sich an den König heran, und als er ihn erreichte, ballte er die rechte Faust und schlug zu.

Der Kontakt war ein wenig schmerzhaft, aber George war mit dem Ergebnis zufrieden. Arl stolperte und fiel hin. Er lag ausgestreckt auf dem Boden und versuchte, nicht aufzustehen.

»Unglaublich, ich habe das getan!«, sagte George.

»Du Stinker. Mein eigener Mann, und zu was für einem Stinker bist geworden.«

»Nun, meine Liebe … «, begann George selbstsicher, doch die Worte blieben ihm in der Kehle stecken. Myra warf sich mit vollem Körpereinsatz auf ihn und er fiel um. Erst saß er auf dem Boden, dann lag er flach da. Myra saß auf seiner Brust, und die beiden Hämmer, die auf sein Gesicht schlugen, waren ihre Fäuste. Sie taten weh.

Myra und George hatten sich schon früher gestritten, aber George war kein gewalttätiger Mann, das wusste er. Er wollte die Dinge stets mit Worten regeln.

Immer wenn Myra die Beherrschung verlor, achtete er darauf, nicht in ihrer Nähe zu sein, weil er dachte, sie könnte ihn schlagen, und wenn sie das einmal täte, könnte er nicht mehr mit ihr zusammenleben. Aber jetzt konnte er nicht mehr darauf achten, nicht in ihrer Nähe zu sein, denn Myra saß auf seiner Brust und er konnte nicht aufstehen.

Als George sich erhob und umdrehte, spürte er, wie Myra von ihm herunterrollte. Dann setzte er sich auf und zog Myra über seine Knie. Sie wehrte sich, aber er hielt sie mit einer Hand fest, und mit der anderen tat er das Einzige, was ein Ehemann in so einem Fall tun sollte:

Er versohlte ihr den Hintern.

Zunächst empört sie sich lautstark, dann begann sie zu wimmern. George hörte nicht auf, bis sie laut heulte. Dann stieß er sie weg, stand auf und glättete dabei die Bügelfalte in seiner Hose.

Arl hatte seinen Kopf jetzt auf einen Ellbogen gestützt. Er hatte eine dunkle Verfärbung um eines seiner Augen, doch der Blick, den er George zuwarf, war voller Bewunderung. »Ich wünschte, ich hätte die Nerven, das mit Narka zu machen«, seufzte er. »Das ist es, was sie braucht. Ich kann es jetzt sehen. Das ist es, was sie braucht.«

George schritt munter durch den Raum. »Sie können es, wenn Sie wollen, Arl. Nur weil Sie ein König sind, heißt das nicht, dass Sie es nicht können.« Dann drehte er sich zu Myra um. Sie war gerade aufgestanden und schnäuzte sich die Nase mit einem zierlichen Taschentuch. Zuerst konnte George den Blick, den sie ihm zuwarf, nicht recht begreifen. Sie war wütend, natürlich. Aber da war etwas mehr als Wut. »George«, sagte sie und sprach dabei seinen Namen mit einem so langen Seufzer aus, dass er wusste, seine Frau zum ersten Mal erobert zu haben.

»Ich werde in unserer Stadtwohnung sein«, sagte er ihr. »Wenn du mich willst, werde ich dort sein. Und ich schätze, ihr wisst beide, dass mein Entschluss feststeht. Arl wird hierbleiben, bis ich bereit bin, ihn zurückzuschicken. Gute Nacht.«

George ging nach draußen, stieg ins Auto, fuhr den Feldweg hinunter zum Highway und dann in die Stadt. Er pfiff vor sich hin.

George war in eine Bar gegangen, hatte sich auf einen Hocker gesetzt und sich einen Bourbon pur bestellt. Er hatte es sich anders überlegt, als sofort in seine Wohnung zu gehen. Stattdessen war er in dieser Bar gelandet. Er hatte etwas zu feiern. Trotzdem sagte ihm irgendetwas, dass diese Sache noch lange nicht abgeschlossen war, aber das war ihm egal. Es war alles ziemlich fantastisch, und er genoss die Aussicht auf den weiteren Umgang mit König Arl und Myra.

Er hob das Glas mit dem Bourbon an die Lippen und nippte daran. Dann stellte es auf den Tresen zurück — etwas zu hart, und es kippte um. Er war erschrocken, denn irgendetwas war auf seinen Kopf geplumpst.

»Hey«, brüllte der Barkeeper, »das ist guter Bourbon. Sie haben ihn einfach umgeschüttet. Jetzt werden Sie wohl sagen, dass es meine Schuld ist und Sie einen neuen wollen?«

»Nein«, sagte George grübelnd. »Vergessen Sie es.«

Wieder plumpste etwas auf seinen Kopf. Er hob die Hand und fuhr sich durch die Haare. Das Ding war nass und schleimig. Es war ein kleiner roter Frosch.

George hielt ihn vor sich hin und legte ihn dann auf die Theke.

»Jetzt hören Sie mal zu«, sagte der Barkeeper, der langsam wütend wurde. »Sie halten sich für einen ganz Schlauen, oder was? Wer hat Ihnen erlaubt, dieses kleine Tier hierher zu bringen? Dies ist ein seriöser Laden, und ich muss an meine Gäste denken.«

George sagte, dass es ihn leid täte, dann: 'Plumps'! Ein weiterer Frosch war auf seinen Kopf heruntergekommen. Er sah, wie er weg hüpfte und dann auf der Schulter des Barkeepers landete.

»Verflucht! Hör auf damit, Kumpel! Ich warne dich! Hör auf damit!« Das Gesicht des kleinen Mannes mit der Glatze war ganz rot, fast wie die Frösche. »Hör auf damit, Kumpel. Ich will keine Spielchen mit dir spielen.«

George entschuldigte sich erneut und sah den Barkeeper mit einer Hand nach dem Frosch greifen. Er hüpfte über den Tresen und landete nach zwei Sprüngen auf der Hand eines Gastes, zwei Hocker weiter weg von George. Der Gast war unglücklicherweise eine Lady, doch sie stieß ein sehr 'unladyhaftes' Geschrei aus und stakste schnurstracks aus der Bar.

»Sie ist fortgegangen, ohne ihre Rechnung zu bezahlen!«, sagte der Barkeeper zu George. »Also schulden Sie mir was. Drei-fünfzig.«

George wunderte sich sehr. Arl hatte gesagt, dass er ohne Georges Ruf hilflos sei, also konnte das nicht Arls Werk gewesen sein. Jemand wollte aus der vierdimensionalen Welt durchkommen, und es war George, von dem dieser Jemand den Ruf erhalten hatte.

Er hatte doch nur an seinem Bourbon genippt, sich um seine eigenen Angelegenheiten gekümmert und den Ruf wieder gesendet. Er war sich dessen nicht bewusst gewesen, aber er hatte ihn gesendet, und das konnte peinlich werden, so wie es jetzt war.

»Drei-fünfzig«, sagte der Barkeeper. »Drei-fünfzig, oder ich sehe mich gezwungen, die Polizei zu rufen.«

George übergab das Geld und verschwand eilig.

Er saß weit vorne in der Straßenbahn und hoffte, dass keine weiteren Frösche herunterfallen würden. Er hätte nach Hause laufen können, aber das hätte viel länger gedauert, und es hätten noch mehr Frösche kommen können.

Auf diese Weise setzte er sich zwar der Gefahr aus, dass sie in den Wagen fallen. Doch wenn es so wäre, würde er sie einfach ignorieren. Noch drei Haltestellen, und George wäre zu Hause. Er schloss die Augen und seufzte zufrieden. Danach war er in Sicherheit. Er wollte nicht, dass noch mehr Frösche in der Öffentlichkeit herunterfielen; nicht, wenn er in der Nähe war.

Etwas Weiches, aber Festes drückte auf seinem Schoß, und George öffnete die Augen. Er schrie auf. Er konnte es nicht verhindern. Es war nur ein zaghafter Schrei, dennoch sahen mehrere Leute zu ihm hin. Dann fingen auch sie an zu schreien, besonders eine dralle Dame mittleren Alters. »Das ist unanständig«, schrie sie. »Durch und durch widerlich und unanständig. Jemand soll an der nächsten Ecke einen Polizisten rufen.«

Der Fahrer schaute erstaunt in den Spiegel und nickte. George blinzelte, doch als er die Augen öffnete, war sie immer noch da. Sie saß auf seinem Schoß – sie war sehr schön und hatte keinen einzigen Fetzen Kleidung an.

»Bitte«, flehte George. »Gehen Sie weg! Bitte gehen Sie weg. Gehen Sie weg und ziehen Sie sich was an. Kommen Sie wieder, wenn Sie wollen, aber nicht so!«

»Du hast nach mir geschickt. Du hattest es so eilig, dass du mir nicht einmal die Chance gegeben hast, mich anzuziehen. Und jetzt willst du mich zurückschicken. Was ist los? Magst du mich nicht?«

George spürte, wie sich die Röte in seinem Gesicht ausbreitete: »Bitte«, sagte er erneut. »Gehen Sie weg. Alle hier starren uns an.«

»Okay«, schmollte sie. »Okay. Ich werde weggehen. Schick einfach noch einmal den Ruf heraus, dann schaffe ich es.« Ihr langes, wogendes, kupferfarbenes Haar kitzelte George im Gesicht, als sie sagte: »Aber ich werde zurückkommen. Mach dir keine Sorgen. Ich komme wieder zurück. Und wenn du Arl siehst, sag ihm, dass ich ihn suche. Wartet nur, bis ich ihn in die Finger kriege, wartet nur … «

George blinzelte wieder. Das reizende Geschöpf war verschwunden. Er hatte aber nicht bemerkt, dass die Straßenbahn angehalten hatte. Jetzt stand ein Polizist im Gang neben ihm. »Wie hast du das gemacht, Kumpel? Komm schon, wie hast du das gemacht? Ich habe das Mädchen gesehen und sie war nackt wie Lady Godiva. Versuch einfach, zu erklären, wie du dich aus dieser … «

»Es war so unanständig«, sagte die dralle Frau. »Ich wollte meine kleinen Enkelkinder besuchen, aber wie kann ich das jetzt noch nach so etwas? Wie kann ich das?«

»Das«, sagte George säuerlich zu ihr, »ist Ihr Problem.«

»Auch noch ein Klugscheißer, was?« Der Polizist war angriffslustig.

»Es ist nicht allzu schwer, das zu erklären, Officer. Etwas wie Hypnose. Etwas, das dem sehr ähnlich ist. Man nennt es Psychokinese, glaube ich.«

»Psychokinese, Psychoshminese«, schnaubte der Polizist. »Kommen Sie einfach mit und erklären Sie es dem Sergeant auf dem Revier.«

George ging mit ihm und erklärte es dem Sergeant, doch es nützte nichts … Der Sergeant hörte zu und dann wurde sein Gesicht ganz rot. Er hatte einen dicken Hals und sein Uniformkragen war dafür zu eng; deswegen wurde sein Hals auch ganz rot. Er sagte zu George, er könne seine mentalen Kräfte über Nacht im Gefängnis abkühlen lassen und solle eine Strafe von fünfundzwanzig Dollar zahlen.

Früh am Morgen gaben sie George sein Frühstück. Es war nicht sehr gut, aber er war hungrig und aß alles auf. Dann rannte er aus seiner Zelle und verließ das Revier. Die ganze Zelle war voller kleiner roter Frösche gewesen. Als er sich davonmachte, hörte er das Gebrüll der Streifenpolizisten. Er eilte die Treppe hinunter und winkte ein Taxi herbei.

In der Wohnung angekommen, versuchte er sich zu entspannen, aber es gelang ihm nicht. Er dachte an das Mädchen, das sich in seinem Schoß materialisiert hatte, und wusste, dass es Narka war. Er wünschte, sie würde zurückkommen. Er wollte sehen, was passieren würde, wenn sie Arl traf.

Und es gab noch weitere Gründe. Er fragte sich, ob sie Kleidung tragen würde. Und der nächste Gedanke war natürlich ein logischer: Was für Kleidung würde eine vierdimensionale Königin tragen?

Um zehn Uhr läutete es an der Tür.

Er öffnete sie, und Myra kam herein. Hinter ihr stand Arl. George hatte noch nie jemanden gesehen, der einen so verängstigten Eindruck machte wie Arl in diesem Moment.

»Was zum Teufel ist los mit Ihnen?«, wollte George wissen.

»Nichts – noch nichts. Ich habe gerade aus der Zeitung von Ihnen und dem nackten Mädchen auf ihrem Schoß erfahren – Massenhypnose, hieß es. Aber wir beide wissen, dass es nicht so war. Es war Narka. Wo ist sie?«

George sagte, er solle sich keine Sorgen machen, denn sie sei in die Welt der roten Frösche zurückgekehrt.

Plötzlich packte ihn Myra an der Schulter und wirbelte ihn heftig herum. Das tat sie oft, wenn sie wütend war und seine Aufmerksamkeit haben wollte. George hatte nie etwas dagegen unternommen, und auch diesmal tat er nichts. Er sah sie nur an, und sie nahm ihre Hand von seiner Schulter. Ihr Gesicht war ganz weiß, als sie sprach.

»Was hat sie auf deinem Schoß gemacht, George?«

»Was denkst du wohl, was sie gemacht hat?«

»Das frage ich dich. Bitte, George. Es tut mir leid wegen gestern. Ich weiß nicht, was in mich gefahren ist. Ich hätte dich nie schlagen dürfen. Eine Frau sollte nicht versuchen, ihren Mann zu schlagen.«

»Blödsinn«, sagte George. »Du dachtest nur, du könntest mit all dem durchkommen. Jetzt, wo du weißt, dass du es nicht kannst, versuchst du, dich zu entschuldigen. Verrückt.«

Dann sah er Arl freundlich an. Arl war das alles zu verdanken. Wenn Arl nicht gewesen wäre, wäre er immer noch ein Pantoffelheld. Myra sah zwar nicht aus wie die typische Frau, die ihren Mann unter den Pantoffel stellen würde, doch er musste bei diesem Gedanken lächeln. Sie war genau dieser Typ, und sie tat es bei jeder sich bietenden Gelegenheit, nur würde sie es jetzt nicht mehr tun. Arl war *dieser* Katalysator gewesen. »Arl«, sagte George, »ich könnte Sie wie einen Bruder lieben.«

»Was ist mit meiner Frau?« Arl wollte es immer noch wissen. »Wo ist meine Frau?«

»Ich sagte doch, sie ist zurückgegangen, um ein paar Klamotten zu holen, glaube ich.«

»Also saß sie doch ohne Kleidung auf deinem Schoß!«, sagte Myra entrüstet.

»Ja, das hat sie getan.«

»Was hat sie ohne Kleidung auf deinem Schoß gemacht?«

»Das hast du mich schon einmal gefragt.«

»Bitte, George. Was?«

»Sie hat dort gesessen«, sagte George. Er zwinkerte Arl zu, aber Arl schauderte nur.

'*Das* ist mal ein richtiger Partoffelheld-König', dachte George. Dann stand er erwartungsvoll auf. Ein Frosch war ihm auf den Kopf geplumpst.

Der erwartungsvolle Ausdruck auf Georges Gesicht verblasste. Er wartete, doch es war nichts von Narka zu sehen. Es fielen auch keine weiteren Frösche mehr.

»Das war zaghaft«, sagte Arl.

»Was meinen Sie mit zaghaft?«

»Ich meine einen zaghaften Durchbruch in diese Dimension. Jemand hat seine Meinung geändert. Aber ich sollte nicht *seine* sagen, denn das war *ihre* gewesen, Narkas.« Er zitterte.

»Nehmen Sie sich zusammen, Arl. Das ist nicht das Ende der Welt.«

»Sie kennen Narka nicht.«

»Man muss nur wissen, wie man mit Frauen umgeht«, sagte George, »das ist alles. Lassen Sie sie glauben, dass sie die Oberhand haben, und die Sache ist erledigt. Zeigen Sie ihr einfach, wer der Boss ist. Ja – das ist alles.«

Myra schien kurz davor zu sein, zu schnauben, doch stattdessen lächelte sie Arl strahlend an. »George hat sicher recht.«

»Natürlich habe ich recht. Kopf hoch, Arl.«

»Das lässt sich leicht sagen. Aber ich kann es nicht.«

George schnaubte jetzt selbst und griff nach der Bourbonflasche. Er hatte vor dem Nachmittag noch nie einen Drink zu sich genommen, aber jetzt, so dachte er, musste sich einiges ändern. Notwendige Änderungen.

»Ich habe eine großartige Idee«, sagte Arl.

George glaubte nicht, dass die Idee großartig sein würde, aber er sagte: »Und, die wäre?«

»Nun, Sie sind derjenige, der den Ruf geschickt hat, nicht wahr? Also, warum tun Sie es einfach – *nicht?*«

»Was? Sagen Sie das noch mal.«

»Rufen Sie einfach nicht. Wenn Sie das nicht machen, kann Narka nicht kommen.«

Myra nickte energisch mit dem Kopf. »Das klingt nach einer guten Idee«, sagte sie. George sagte: »Die ist miserabel, und zufällig will ich Narka wiedersehen.«

»Nachdem Sie sie gesehen haben, wird es Ihnen leidtun«, sagte Arl. »Ich sage nicht, dass Sie nicht mit Frauen umgehen können, George.«

»Verstehen Sie mich nicht falsch. Myra ist auch ein Hitzkopf, ähnlich wie die Königin, aber Sie können durchaus mit Myra umgehen. So habe das mit dem Umgang nicht gemeint.«

George war erfreut. »Natürlich haben Sie das nicht so gemeint, aber wie haben Sie es gemeint?«

»Nun, Narka ist … «

Er hörte auf zu sprechen. Etwas fiel George vor die Füße, und er blieb stehen, um es aufzuheben. Er legte es auf seine Handfläche – eine Kette aus makellosen Perlen, die ein kleines Vermögen wert war. Er hielt sie in der Hand und wusste nicht, was er damit tun sollte.

»Das ist es, was ich meine«, sagte Arl.

»Oh, sie ist wunderschön«, gurrte Myra. »Ist die für mich, George? Woher hast du sie?« Dann aber schmollte sie plötzlich. »Sie ist doch nicht für … diese Narka, oder? Sie ist für mich, nicht wahr, George?«

»Das ist es, was ich meine«, sagte Arl wieder. »Narka kann dem Drang nicht widerstehen, alles zu stehlen, was ihr in dieser Dimension gefällt. Sie nimmt sich einfach, was ihr gefällt, und ich kenne mehrere Fälle, in denen einige eurer dreidimensionalen Männer wegen einer Reihe von Raubüberfällen, die in Wirklichkeit die Königin begangen hat, ins Gefängnis kamen.«

»Das ist lächerlich«, sagte George. »Wie kann sie so viele Dinge stehlen?«

Arl schüttelte den Kopf. »Sie vergessen schon wieder die Beziehung zwischen den Welten, der drei- und der vierdimensionalen. Denken Sie daran: Es ist wie der mit Ihnen und dem Quadrat auf dem Tisch der zweidimensionalen Welt. Wie würden Sie eine Halskette aus dem Quadrat bekommen, ohne eine der Linien zu überqueren?«

»Nun, ich würde die Kette einfach hochheben und sie dann auf der anderen Seite einer der Linien ablegen.«

»Ganz genau. Das ist es, was Narka macht. Sie sieht, was ihr gefällt, hebt es aus seiner dreidimensionalen Existenz, trägt es kurzzeitig durch die vierte Dimension und legt es ab.«

»Wenn sie alles hat, was sie will, wird sie ihre Beute holen, und dann, befürchte ich, wird sie mich mit nach Hause nehmen. Nur wird sie sehr böse sein. Sie wird eine Woche lang nicht mit mir sprechen – sie wird noch andere Dinge tun, schlimme Dinge. Ich wünschte, Sie hätten nie nach mir gerufen, George.«

Etwas machte 'plopp', und George sah ein kleines Samtkissen auf dem Boden. Es sah aus wie ein Nadelkissen, auf dem eine Reihe von juwelenbesetzten Broschen befestigt waren.

George wusste nicht allzu viel über Schmuck, aber er musste kein Experte sein, um festzustellen, dass es wertvolle Stücke waren. Auch wenn er es selbst nicht wusste, konnte er es an der Art erkennen, wie Myra seufzte. Myra würde bei Imitationen nicht seufzen.

George lachte. »Jetzt weiß ich, wie Ali Baba sich gefühlt haben muss, nachdem er 'Sesam öffne dich' gesagt hat.«

Myra nickte, aber sie hörte ihn kaum. Sie ging von einem Schatz zum nächsten, als jedes neue Stück auf den Boden, die Stühle oder die Tische plumpste. Bald rannte sie mit kleinen aufgeregten Atemzügen herum, fühlte die Juwelen mit ihren Händen, liebkoste sie, hielt sie an ihren Hals, ließ sich von ihnen streicheln und hob sie ans Fenster, damit sie sehen konnte, wie die Sonne auf sie scheint.

»Ich habe das schon viele Male zuvor gesehen«, sagte Arl. »Am Anfang ist es immer gleich. Narka sammelt den Schatz ein, und jemand in dieser dreidimensionalen Welt sieht, wie der Schatz ankommt. Und auch das Ergebnis ist immer dasselbe. Anfangs ist es ein ziemlich beeindruckender Anblick.«

»Narka hat hier genügend Schmuck, um diese Stadt zu kaufen.«

»Nun, mich selbst berührt es nicht in dieser Weise«, sagte George. Das gab er aber nur vor – denn so fühlte er sich überhaupt nicht. Dieser interdimensionale Verkehr wäre die Antwort auf alle seine Träume. Man sieht etwas, das man haben will. Man hebt es in die vierte Dimension und kommt damit in die Welt der drei Dimensionen zurück – und das war alles.

»Sagen Sie mir nicht, dass Sie nicht dasselbe denken, wie sie alle in der Vergangenheit gemacht haben«, sagte Arl. »Ich weiß, dass Sie es tun. Jeder tut das. Aber ich warne Sie, George. Dieser Weg führt in den Wahnsinn.«

'Ich könnte ein König sein', dachte George. Kein Titularkönig wie Arl, sondern ein richtiger König, ein König im wahrsten Sinne Wortes, in seiner früheren Bedeutung. Wenn er etwas haben wollte – irgendetwas – würde es ihm gehören. Einfach so.

»Es kommen keine Schätze mehr dazu«, sagte Myra. »Es regnet nicht mehr.«

George sah sich um. Der Raum war übersät mit Edelsteinen, und offenbar hatte Narka genug für diese Reise eingesammelt. Sie hatte ein Lösegeld für einen König gestohlen – sogar mehr als das.

Und da war wieder dieser Gedanke: Mit dieser Macht könnte George ein König sein'.

»Nein«, sagte er halblaut zu sich selbst.

»Was ist?«, fragte Arl.

»Nichts, Arl. Gar nichts. Ich habe nur laut gedacht.«

George wollte kein König sein, nicht auf diese Weise. Die menschlichen Werte waren zu hoch, und er hatte sich zu lange auf dem geraden, schmalen Pfad bewegt. Nicht, dass an dem geraden und schmalen Weg etwas falsch gewesen wäre, aber plötzlich gefiel es ihm – es war ihm sehr wichtig, und obwohl er sich an Narka erinnerte, wie er sie gesehen hatte – nackt und schön – dachte er jetzt nur noch an sie als billige Diebin. Der wilde Drang war verschwunden. Das war nicht der Weg zum Königsein.

Ganz plötzlich erschien Narka. Noch vor einem Moment gab es nur drei von ihnen und den Schatz. Im nächsten Moment stand sie neben George. Als sie sich materialisierte, lehnte sie sich an seinen Arm.

»Ich bin zurück«, sagte sie.

Sie trug eine Tunika, nur war sie durchsichtiger, als eine Tunika sein sollte. Aber George machte das nichts aus. Es störte ihn nicht im Geringsten.

Es war allerdings seltsam, dass er sich mehr dafür interessierte, welche Auswirkungen Narkas Ankunft auf Arl haben würde. Er sah die Frau nur einen Moment lang an, dann wandte er den Blick zu ihrem Mann.

Arl zitterte. Im Vergleich zu Narka sah er recht gewöhnlich aus. Er trug etwas, das als weißer Leinenanzug hätte durchgehen können, und es passte zu ihm. Mit diesem rätselhaften Lächeln hätte er ein stattlicher Mann sein können, aber im Moment zitterte er, und sein Mund stand offen.

»Narka – «, sagte er.

»Ich bin nicht deine 'Narka'. Du weißt, ich wollte nicht, dass du herunterkommst, aber du bist trotzdem gekommen. Warte nur, bis ich dich allein nach Hause gebracht habe, warte nur … «

»Warten ist richtig«, sagte George. Er deutete auf den Schmuck im Zimmer. »Im Moment gibt es eine andere Sache – eine wichtigere Sache. Was ist mit ihren, äh, Trophäen?«

»Was soll mit ihnen sein?« Sie drückte Georges Arm ein wenig, und George empfand es als angenehm, doch er sah, wie Myra zusammenzuckte.

»Was damit passiert?« »Ach, nichts. Ich nehme sie nur mit nach Hause, das ist alles. Ich habe einen ganzen Bereich des Palastes mit ihnen gefüllt.«

»Nein, das werden Sie nicht«, sagte George.

»Sei nicht dumm«, antwortete sie. »Wer soll mich denn aufhalten?«

»Ich«, antwortete er.

Sie lehnte sich noch fester auf Georges Arm und sah mit ihren großen runden Augen zu ihm auf. »Nein, das tust du nicht.«

»Nein? Wie wollen Sie denn zurückkommen, wenn ich Ihnen nicht dabei helfe?«

»Du wirst mir helfen. Ich lasse dir ein paar dieser Juwelen hier. Nenn mir drei beliebige Gegenstände und sie gehören dir.«

Myra schlug vor: »Die Brosche und das … «

»Halt die Klappe«, sagte George.

Narka runzelte die Stirn und schaute Myra an. »Willst du ihn so mit dir reden lassen?«

Myra sah George an. »J – ja«, sagte sie. »Aber hören Sie bitte auf, seinen Arm so festzuhalten. Wenn George Ihnen sagt, dass Sie die Sachen wieder dorthin bringen, wo sie hingehören, dann sollten Sie das besser tun. Ich – ich glaube, George weiß es am besten.«

»Das tut er«, versicherte Arl seiner Frau.

»Du hältst den Mund, Arl. Um dich kümmere ich mich später.«

Narka machte keine Anstalten, Georges Arm loszulassen. Sie lehnte sich näher zu ihm hin und stellte sich auf die Zehenspitzen. Dann küsste sie ihn. George gefiel es – es gefiel ihm sehr. Diese Narka war ein tolles Mädchen, auch wenn sie eine Gaunerin war.

»Jetzt, George«, sagte sie, »schick uns zurück.«

»Nein.« George zog seinen Arm weg. Narka hatte sich so weit vorgebeugt, dass sie beinahe hingefallen wäre.

»Ha«, sagte Myra.

Narka lächelte. »Arl«, sagte sie, »heb den Schmuck auf, und verschwinden wir.«

»Wie können wir verschwinden, wenn George uns nicht zurückschicken will?«

»Seid einfach still und nimm den Schmuck.«

Gehorsam ging Arl durch den Raum und sammelte die Schätze in seinen Armen auf. Es dauerte ein paar Minuten, und George stand geduldig daneben und lächelte. Schließlich, die Arme voll, nickte Arl seiner Frau zu. »Das ist alles, Liebes.«

Narka sah George an. »Und jetzt schick uns zurück.«

George zuckte mit den Schultern. »Ich habe 'Nein' gesagt, und das war kein Scherz. Sie bringen den ganzen Schmuck zurück, wo er hingehört, und danach schicke ich euch zurück. Vorher nicht.«

Für einen langen Moment sah Narka ihn an. »Weißt du«, sagte sie, »ich glaube, ich werde dich in Schwierigkeiten bringen. Ja, ich glaube, das werde ich. Du hast es definitiv verdient.«

Die Wohnung lag im vierten Stock in der Nähe der Straßenecke. Narka schritt zum Fenster und öffnete es. George schaute hinter ihr hinaus.

Unten an der Ecke stand ein Polizist, der den Verkehr regelte.

»Er ist ein Gesetzeshüter, nicht wahr?«, fragte Narka.

George nickte, und bevor er sie aufhalten konnte, nahm Narka zwei Broschen und eine Halskette vom Stapel in Arls Armen, rief dem Polizisten zu und warf ihm, als sie seine Aufmerksamkeit erregt hatte, den Schmuck hinunter.

»Oh, nein … «, stöhnte Mayra.

George schloss das Fenster. In ein paar Minuten würde der Polizist im Zimmer sein. Er würde einen Raum voller Schmuck sehen. Er würde von all den Diebstählen erfahren, der unglaublichen Anzahl von Diebstählen in so kurzer Zeit. Und obwohl er nicht wüsste, wie man so etwas anstellen könnte, würde er George die Schuld geben. Er würde George ganz bestimmt die Schuld geben.

Ein paar Minuten …

»Das hätten Sie nicht tun sollen«, sagte George.

Narka streckte ihm die Zunge heraus. »Das war wenig 'ladylike', noch weniger sollte das eine Königin machen. Ist es nicht so, George?«

»Nein.« George streckte die Hand aus und zog Narka zu sich. Er sah den Blick des Triumphs auf ihrem Gesicht.

»George«, sagte sie schelmisch.

George hielt ihren Arm fest, ging zu einem großen Stuhl und setzte sich. Da er sie immer noch festhielt, landete Narka auf seinem Schoß.

Danach war es für ihn ein Leichtes, sie herumzudrehen. Er tat es und dann begriff sie, was er vorhatte, aber es war zu spät. Sie zappelte und wand sich, doch sie konnte nichts dagegen tun.

»Was du brauchst«, sagte George zu ihr, »ist ein guter dreidimensionaler Mann, der sich um dich kümmert.«

»Lass mich hoch, oder ich schlage dich.«

»Du wirst was?«

»Ich werde dich schlagen. Frag Arl, er ist ein Mann, aber ich schlage ihn. Wenn ich ihn nach Hause gebracht habe, werde ich ihn versohlen.«

George hob die Hand, aber Arl fing sie in der Luft ab. »Warten Sie, George. Ich glaube, ich lerne gerade.«

Arl zitterte immer noch, aber er versuchte zu lächeln. »Ich glaube, ich lerne.«

George grinste und stand auf, während Arl auf dem Stuhl neben seiner Frau Platz nahm.

'Männer können nur für eine bestimmte Zeit zu Pantoffelhelden gemacht werden', dachte George – selbst in der vierten Dimension konnte das nicht ewig so weitergehen.

Aber Arls Lächeln war unsicher. Er versuchte, sich damit Mut zu machen.

Narka starrte grimmig und bestimmt, und plötzlich waren sie und Arl ineinander verkeilt und kämpften.

George atmete schwer.

Der Polizist würde in ein oder zwei Minuten hier sein, aber er musste Arl seinen eigenen Kampf kämpfen lassen. Ein König konnte nicht nur dem Namen nach ein König sein, und er hatte versucht, Arl den Weg zu zeigen.

Narka rang Arl auf den Boden und hielt ihn dort fest, neben den Resten des Schmucks. Er begann zu stöhnen.

Dann lachte Narka und schaute George triumphierend an. »Es gibt eine Sache, die du nicht wusstest, dreidimensionaler Mann – eine Sache, die du nicht wissen konntest: In der vierten Dimension ist die Frau körperlich überlegen.«

Arl stöhnte.

George hatte keine Ahnung von der Kultur der vierten Dimension. Er hatte nie an diese Möglichkeit gedacht.

Narka hielt ihren ihren Mann fest, und begann, etwas mit seinem Arm anzustellen.

»Ergibst du dich?«, fragte sie.

Arl sah zu George auf. »Ich habe es versucht.«

»Quatsch«, sagte George. »Sie denken vielleicht, dass die Frau in der vierten Dimension stärker ist, aber Sie sind jetzt in der dritten Dimension.

Wenn Sie Arl … «

Arl brauchte diese Ermutigung. Er lächelte jetzt, und diesmal war sein Lächeln grimmig und bestimmt.

»Warum nicht?«, sagte er. »Das ist die Gelegenheit – eine andere Dimension, es gelten andere Gesetze, und wenn ich es einmal machen kann, dann jetzt … «

Er krümmte sich heftig in Narkas Griff, und George sah zu. Jemand klopfte an die Tür. »Macht auf. Hey, ihr da drinnen, macht auf! Ich habe euch am Fenster gesehen, also weiß ich, dass ihr da seid. Warum zum Teufel habt ihr die 'Anstecknadeln' rausgeworfen? Macht auf!«

Das Klopfen wurde immer heftiger.

Es war wichtig, es war unvermeidbar, aber George hörte es kaum. Hier zu seinen Füßen sah er, wie sich eine ganze Kultur veränderte.

Arl zwang seine Frau langsam hoch und schob sie zurück. Schließlich hatte Arl die Kontrolle. Er saß auf dem Boden, und Narka hing über seinem Schoß, dann versohlte er sie.

»Erstaunlich«, sagte Myra.

Narka begann zu weinen. Sie weinte jedes Mal, wenn Arls Hand herunterkam, und am Gesichtsausdruck des Königs konnte George erkennen, dass Arl den Spaß seines Lebens hatte.

Er wollte nicht aufhören. Nach all den Jahren genoss es zu sehr, und er war nicht in Stimmung, aufzuhören. Aber George zog ihn weg. »Sie hat genug.«

Arl wurde keck. »Wirst du nun ein braves Mädchen sein, Narka?«

Die Königin seufzte und nickte. Sie hatte einen ungläubigen Gesichtsausdruck, doch sie ging in die Ecke des Raums. Es sah so aus, als wolle sie sich hinsetzen, doch dann besann sie sich eines Besseren und stand schmollend da.

»Schnell«, sagte George. Er half Arl dabei, die Juwelen aufzusammeln. Auch Myra machte mit. Dann erzählte Narka ihrem Mann mit teilnahmsloser Stimme, wo sie das alles gestohlen hatte. Arl zwinkerte George zu, die Arme mit den Schätzen gefüllt, und dann war er plötzlich verschwunden.

George öffnete die Tür. Der Polizist stakste angriffslustig herein. »Also, was ist hier los? Was ist hier drin los? Das will ich wissen!«

George runzelte die Stirn. »Was meinen Sie, Officer?«

»Ich meine diese Juwelen.« Er öffnete die Hand und zeigte die drei teuren Schmuckstücke, die er aufgefangen hatte. Du hast besser eine gute Erklärung dafür, Kumpel.

Es gab jetzt nur noch eine Sache, die er tun konnte, dachte George.

»Es erklären? Was erklären? Von welchen Juwelen sprechen Sie, Officer?«

Diese verdammten Juwelen in meiner Hand, die meine ich.

Der Polizist streckte die Hand aus und zeigte die beiden Broschen und die Halskette.

»Ich sehe keine Juwelen«, sagte George. »Myra, siehst du irgendwelche Juwelen?«

»Wie bitte? Nun, natürlich nicht. Ich sehe nichts.«

Narka?

Die Königin sah mürrisch aus und schüttelte den Kopf. »Nein.«

George schaute den Polizisten an. »Na, na«, sagte er und schüttelte auch den Kopf.

»Was meint ihr, keine Juwelen? Wollt ihr damit andeuten, dass ich verrückt bin?«

»Vielleicht nur ein paar Drinks zu viel«, meinte George und blickte auf die angeblichen Juwelen.

»Hören Sie zu – «, aber dann kratzte sich der Polizist am Kopf. Er hatte nicht gesehen, dass Arl hinter ihm aufgetaucht war, die Hand ausgestreckt hatte und nach den beiden Broschen und der Halskette griff – und wieder verschwand.

Der Polizist betrachtete seine Hand. Lange starrte er sie an. Sein Kiefer wurde schlaff.

»Herrje«, sagte er.

»Wir werden es vergessen«, sagte George zu ihm. »Wir werden alles vergessen. Gehen Sie jetzt nach Hause und bleiben Sie anständig – und kein Alkohol im Dienst, ja, Officer?«

»Ja. Ja, klar.« Der Polizist ging zur Tür hinaus und starrte noch immer auf seine Hand.

In einem Moment war Arl wieder da. Narka sah ihn an, und es war genau derselbe Blick, den George gestern in Myras Augen in ihrem Bungalow gesehen hatte.

Damm nahm Arl den Arm seiner Frau in einen festen Griff. »Wir gehen nach Hause«, sagte er.

Zunächst schaute sie ihn zweifelnd an, doch dann rieb sie sich das Gesäß und lächelte reumütig. »Ja, mein Herr.«

Arl schüttelte George die Hand, winkte Myra zu – und dann verschwanden sie.

George lächelte. »Lass dir das eine Lehre sein, Liebes.«

Myra küsste ihn schüchtern. Sie waren schon seit sechs Jahren verheiratet, aber es war ein schüchterner Kuss.

»Ich brauche keine Lektion, George.«

»Kein Fort mehr? Keine Psychokinese mehr?«

»Nicht mehr, wenn du es sagst, George.«

»Ich sage es.«

»Ja, mein Herr«, sagte Myra. »Ja, mein Herr.«